LE BOUQUET

D'UN

PAUVRE JARDIN

PAR

Mme C. BERTON, NÉE SAMSON

Ces fleurs devraient avoir quelques parfums plus doux,
Mais le pauvre jardin avait tant de cailloux !

C. B.

PARIS

LIBRAIRIE DES AUTEURS

10, RUE DE LA BOURSE, 10

—

1868

LE BOUQUET
D'UN PAUVRE JARDIN

Paris. — Typ. Morris et Comp., rue Amelot, 64.

C.

LE BOUQUET

D'UN PAUVRE JARDIN

PAR

Mme C. BERTON, née SAMSON

Ces fleurs devraient avoir quelques parfums plus doux,
Mais le pauvre jardin avait tant de cailloux!

C. B.

PARIS

LIBRAIRIE DES AUTEURS

10, RUE DE LA BOURSE, 10

—

1868

A MADAME R. M.

.

Prends et reçois-les sans dédain,
Ce sont les fleurs de mon jardin ;
La plus grosse est une saynète,
Puis tout autour quelque fleurette,
Chants de mère auprès d'un berceau,
Cris de mère au bord d'un tombeau,
Graves accents d'une rêveuse,
Esquisses d'une voyageuse ;
Prends et reçois-les sans dédain,
Ce sont les fleurs de mon jardin.

CAROLINE BERTON, NÉE SAMSON.

Florence, 6 janvier 1868.

SENTEUR DES BOIS

Lorsqu'au milieu des bois lentement tu promènes
Tes rêves de poëte et ton front soucieux,
Quand la brise du soir, par ses fraîches haleines,
De suaves parfums embaume tes cheveux,
Alors ne sens-tu pas que ce profond silence
Parle plus à ton cœur que tous les bruits du jour,
Qu'entre le ciel et toi moins grande est la distance,
Et que pour l'Éternel ton cœur a plus d'amour?

Paris, 1837.

L'EXILÉ

Ne le voyez-vous pas que je respire à peine,
Que je me sens mourir, que mon heure est prochaine,
Que l'air est étouffant dans vos riants salons,
Et qu'avant de mourir je veux voir nos vallons?
Tu me ferais fleurir sur ma tige flétrie
Terre du sol natal, soleil de ma patrie.
Je veux de nos grands monts mesurer la hauteur,
De nos sombres ravins sonder la profondeur;
Je veux voir nos sapins se réfléchir dans l'onde;
Je veux me sentir vivre en m'éloignant du monde.
Vains rêves, qui toujours ont un affreux réveil,
Me faudra-t-il toujours me bercer d'espérance?
Ne viendra-t-il jamais cet éternel sommeil
Qui seul peut mettre un terme à ma longue souffrance?
Il n'est pour l'exilé ni repos ni bonheur,
Il n'est aucun plaisir pour son âme abattue;
Une pensée est là qui lui ronge le cœur,
C'est le mal du pays, c'est ce mal qui me tue.

Paris, 1837.

LA FEUILLE

Vole, vole, feuille légère,
Ignorant la vie et la mort,
De l'air rapide passagère,
Sans regret tu touches au port ;
Par le zéphyr tantôt bercée,
Dans les nuages élancée,
Là tu voyages sans effort ;
Des montagnes tu vois la cime,
Et puis tu te perds dans l'abîme
Insoucieuse de ton sort !

Paris, 1837.

DÉSESPOIR

Je ne veux plus chanter, je ne veux plus écrire,
J'ai pour toujours brisé les cordes de ma lyre,
    La gloire n'est pas le bonheur.
Et que me fait l'encens d'une foule importune,
Qui, se traînant toujours au char de la fortune,
    Foule aux pieds le malheur!
Du malheur sur mes traits voyez-vous pas l'empreinte?
Mon cri de joie à moi n'est qu'une triste plainte,
    Qu'un douloureux et sombre accord,
Et mon front jeune encor porte déjà la trace
Du sceau fatal, hélas! qu'aucune main n'efface
    Que la main de la mort!

Paris, 1838.

A UN ENFANT ABSENT

Pour te revoir un jour, pour te revoir encore,
    Pour contempler tes jeux,
Pour baiser ce beau front que la santé colore
    D'un reflet si joyeux,
Je donnerais, mon fils, les biens que l'on envie,
    Fortune et liberté.
Je donnerais mon sang, je donnerais ma vie.
    Pourtant je t'ai quitté !
Sacrifiant la mère au bonheur de l'épouse
    Et craignant l'abandon,
J'ai laissé ton berceau dans ma douleur jalouse,
    O mon enfant, pardon !

Vienne, 1844.

LE SOUHAIT

Je ne demande rien à la nouvelle année,
Non, rien, qu'un peu de terre, une croix de bois noir,
Où l'on verra prier au soir de la journée
    Mes deux enfants vêtus de noir !

Vienne, 1845.

PLUS TARD JE VOUS DIRAI POURQUOI!

Lorsque triste mon front se penche
Sur vos fronts purs et radieux,
Quand sur votre peau douce et blanche
Tombe une larme de mes yeux,
Alors pour calmer ma tristesse,
Petits enfants, embrassez-moi,
J'ai besoin de votre tendresse,
Plus tard je vous dirai pourquoi!

Si pour un monde trop frivole
J'osais parfois vous délaisser,
Ah ! qu'un regard, une parole
Pres de vous vienne m'enlacer !
Je souffrirais en votre absence.
Petits enfants, retenez-moi,
J'ai besoin de votre présence,
Plus tard je vous dirai pourquoi?

Lorsque votre bouche charmante
Dit la prière du matin,
Enfants, du mal qui me tourmente
Au Seigneur demandez la fin ;
Implorez-le pour votre mère.
Petits enfants, priez pour moi,
J'ai besoin de votre prière,
Plus tard je vous dirai pourquoi?

Paris, 1847.

LES OISEAUX DU FOU

Petits oiseaux, mangez sur ma fenêtre
De ce pain noir que vous offre ma main,
Mangez-en bien, chers petits, car peut-être
Ni vous ni moi n'en mangerons demain !

Vous souvient-il de la belle maîtresse
Qui chaque jour vous appelait ainsi ?
A mon amour préférant la richesse,
Elle est partie et je suis seul ici.

Petits oiseaux, mangez sur ma fenêtre
De ce pain noir que vous offre ma main,
Mangez-en bien, chers petits, car peut-être
Ni vous ni moi n'en mangerons demain !

Petits oiseaux, chantez, elle est si belle
Et votre chant pour elle a tant d'appas!
Mais qu'ai-je dit? elle m'est infidèle;
Moi j'en mourrai; petits, ne chantez pas.

Petits oiseaux, mangez sur ma fenêtre
De ce pain noir que vous offre ma main,
Mangez-en bien, chers petits, car peut-être
Ni vous ni moi n'en mangerons demain.

Paris, 1847.

LA NOVICE

Belle comme la madone,
Blanche comme ta couronne,
Novice, ton corps frissonne
Et des pleurs mouillent tes yeux.
Mais tu souris, ô mystère !
Dis, regrettes-tu la terre
Tout en espérant les cieux ?

Quand déjà pour cette fête
Le fatal ciseau s'apprête
Et moissonne sur ta tête
Tes épais et blonds cheveux,
Sans les pleurer, ô mystère !
Alors qu'ils tombent sur terre,
Ton regard s'élève aux cieux !

Du Seigneur humble servante,
Si tu vois sans épouvante
Le cercueil qui doit, vivante,
Te cacher à tous les yeux,
C'est que, sublime mystère,
Ton cœur blessé sur la terre,
Vient de s'envoler aux cieux !

Paris, 1848.

L'ENFANT D'UN JOUR

Enveloppé dans ses doux langes,
L'enfant d'un jour sourit aux anges ;
Prenez garde de l'éveiller,
Oh ! laissez l'enfant sommeiller,
Au ciel encore il croit prier,
Bercez-le dans son nid d'osier !

De bonheur sa mère ravie,
Sait-elle ce qu'il doit souffrir
Du jour qui lui donna la vie
Au jour qui le verra mourir !

Enveloppé dans ses doux langes,
L'enfant d'un jour sourit aux anges ;
Prenez garde de l'éveiller,
Oh ! laissez l'enfant sommeiller,
Au ciel encore il croit prier.
Bercez-le dans son nid d'osier !

Comme nous de bonheur avide,
De la soif d'amour dévoré,
Il trouvera la coupe vide
Avant d'être désaltéré.

Enveloppé dans ses doux langes,
L'enfant d'un jour sourit aux anges ;
'Prenez garde de l'éveiller,
Oh! laissez l'enfant sommeiller,
Au ciel encore il croit prier,
Bercez-le dans son nid d'osier !

Paris, 1848.

SUR LA TOMBE D'UN ENFANT

LA MÈRE.

Pourquoi, mon pauvre enfant, as-tu quitté la terre?
Dis-moi, ton petit lit n'était-il pas bien fait,
Et ne puisais-tu pas dans le sein de ta mère,
Pour ta soif et ta faim, des gouttes d'un bon lait?
N'ai-je pas travaillé les nuits et le dimanche,
Pour te voir, mon trésor, habillé comme un roi,
Et brodé de mes mains ta belle robe blanche?
Mon petit ange, au ciel, la mettras-tu sans moi?
Les voisines disaient : Elle est trop orgueilleuse
De ce petit enfant, le ciel doit l'en punir.
Moi, je n'écoutais rien, j'étais si radieuse
De te voir chaque jour dans mes bras embellir !
Ma lèvre à chaque instant pressait tes fraîches joues ;
Dans l'univers entier je ne voyais que toi ;
Enfant, qui te sourit à présent quand tu joues ?
Mon petit ange, au ciel, t'amuses-tu sans moi?

L'ENFANT.

Je n'ai besoin de rien, ma mère,
La bonne Vierge ici veille sur nous,
Dans un océan de lumière
Nous nous jouons sur ses genoux.
Fleurs, papillons, fruits, toutes choses,
Rien ne meurt là-haut, tout est beau.
On n'y voit point flétrir les roses.
Ne pleure pas sur mon tombeau.

Paris, 1849.

JAMAIS

Quand le feu qui s'éteignait,
Subitement pétillait,
Je me disais : Cette flamme
Est comme l'amour dans l'âme
De celui que tant j'aimais
Et ne reverrai jamais !

Quand le soir j'ai regardé
Quelque passant attardé,
Lors, aux rayons de la lune,
J'ai cru voir dans la nuit brune
Le visage que j'aimais
Et ne reverrai jamais !

Seigneur, prends pitié de moi,
Car en ta bonté j'ai foi.

Le seul espoir qui me reste,
C'est : au paradis céleste,
Le visage que j'aimais,
Le contempler à jamais !

Paris, 1854.

SOUS UN PORTRAIT DE LAMARTINE

Un palais merveilleux abriterait ta tête,
Et tes possessions rempliraient l'univers,
Si tant de nobles pleurs, versés sur tes beaux vers,
Se changeaient en or, ô poëte !

1855.

LE DOUTE

—

A MON AMIE R. M.

Hier, dans sa tristesse extrême
Ton cœur s'est versé dans mon cœur,
Et tu m'as dit qu'à ton bonheur
Il manquait un bonheur suprême.
Le doute, cet affreux poison,
Comme un serpent t'a blessée,
J'ai vu ton âme transpercée
Par le glaive de ta raison.
Triste raison, science amère,
Qui vient combattre l'humble foi,
Dis, n'est-elle pas loin de toi
Lorsque ton fils te dit : Ma mère?
Et quand ta fille, ange aux yeux bleus,
Te donne une sainte caresse,

Dans les douceurs de sa tendresse
Ne sens-tu pas la paix des cieux?
Va, la tristesse est un blasphème;
Femme heureuse, crois à ton tour;
L'homme doute, mais la femme aime :
L'un est esprit, l'autre est amour!

1855.

A MARIE LAMBERT

Que ne nous disais-tu quelque chant de colombe,
Quelque histoire d'amour heureux et triomphant!
Notre cœur trop souvent est semblable à la tombe,
    Il ne faut pas l'ouvrir, enfant!

Que tu l'as bien rendu, ce long chant d'agonie,
Ces adieux au bonheur du poëte inspiré!
S'il t'avait entendu, cet homme de génie,
    Dans sa tombe il en eût pleuré!

Mais pourquoi nous dis-tu cela dans une fête,
Parmi les gais propos, les rires et les fleurs?
Pourquoi par ce récit des douleurs du poëte
    As-tu réveillé nos douleurs?

Quand on est jeune encor, de pleurs on est avide,
Ils s'échappent d'un cœur trop plein de l'idéal ;
Et nous laissons tomber des yeux cette eau limpide,
    Comme des perles dans un bal.

La douleur, à vingt ans, revêt un certain charme,
On n'a point fait de mal, c'est presque du bonheur ;
Mais plus tard on dirait, enfant, que chaque larme
    Nous détache un lambeau du cœur !

C'est l'appareil sacré qu'on ôte à la blessure,
C'est l'ombre du passé se levant sur nos jours,
C'est le remords caché dont on sent la morsure
    Qui vous dit : Je suis là toujours !

Que ne nous disais-tu quelque chant de colombe,
Quelque histoire d'amour heureux et triomphant?
Notre cœur trop souvent est semblable à la tombe,
    Il ne faut pas l'ouvrir, enfant !

Paris, 1862.

LE RETOUR DE ROME

— Qu'as-tu donc et d'où vient ta tristesse, jeune homme?
— Je suis soldat français, femme, et je viens de Rome.
— Tu vis la grande église en toute sa splendeur?
— J'ai vu des malheureux et j'ai plaint leur malheur!
— Des pontifes sacrés as-tu plaint le martyre?
— Ce sont les seuls Romains dont je vis le sourire.
— O mon fils! la douleur égare ta raison,
Rome est un lieu béni! — Rome est une prison.
— Rapportes-tu, dis-moi, quelque médaille sainte?
— De tout un peuple en deuil je rapporte la plainte.
— Quel souvenir as-tu de la sainte cité?
— . . . .

Rome, 1863.

LE CARNAVAL ROMAIN

Oui, c'était un spectacle à nul autre pareil,
Un spectacle odieux de misère et de haine;
Aucun Romain n'était à la fête romaine,
Et de honte, je crois, se cachait le soleil !
Du denier de Saint-Pierre, impudemment gorgés,
Des mendiants bénis, en pierrots arrangés,
Habitués à dire à tous : Dieu vous assiste !
Simulaient la gaieté pour tromper le touriste.
Des Russes, des Anglais lorgnaient assidûment,
Car ils avaient payé comme on paye au théâtre,
Et jetant des bouquets, des bonbons et du plâtre,
Ces nobles étrangers riaient lugubrement.
Puis des soldats français, à la mine hardie,
Faisaient leur rôle aussi dans cette parodie.
Tous debout, l'arme au bras et le cœur affligé,
Fils de quatre-vingt-neuf défendant le clergé.
Leur malheur était grand, leur attitude digne,
Leur excuse un seul mot, mais sacré : la consigne !

Rome, 1863.

ÉCRITS SUR UNE PIERRE DU COLISÉE

O grand peuple romain, dans ta ville éternelle
Gardé comme un troupeau par un rude pasteur,
Je t'admirais souvent, digne, austère et rebelle,
Dans ton écrasement j'admirai ta hauteur.
Je sentis dans mon cœur l'écho de ta souffrance
Et promis de crier tes douleurs à la France !

Rome, 1867.

LE ROSSIGNOL

Chante, doux rossignol, dans la nuit étoilée
Le poëte et l'amant aiment à t'écouter ;
Tu fais vibrer pour eux tes cadences perlées,
Mais pour qui n'aime pas tu ne dois pas chanter.
Tu chantes le bonheur, l'amour et le génie,
Les désirs infinis qui torturent le cœur ;
Mais on n'entend jamais ta pure mélodie
Au milieu des accents de ce monde moqueur.
Tu voles doucement alors que tout repose,
Sous le feuillage vert par ton amour conduit ;
Enivres de tes chants ta maîtresse la rose,
Ses parfums et ta voix se confondent la nuit.
Alors, si quelquefois une vierge plaintive,
Dans le jardin désert a dirigé ses pas,
Elle écoute tout bas et demeure attentive
En rêvant d'un bonheur qu'elle ne connaît pas.
O chante de la nuit le voile épais et sombre,
Chante du firmament l'adorable beauté,
Mais, ô doux rossignol si bien caché dans l'ombre !
Sans te lasser jamais, chante la liberté !

Naples 1867.

SOUS LES PAMPRES VERTS

Sous les pampres verts qui donc cherchais-tu?
La lune y jetait sa lueur voilée,
Mon âme vers toi s'est vite envolée,
      Mais je me suis tu.
Sous les pampres verts qui donc cherchais-tu?

Que disait aux cieux ta chanson du soir?
Le vent l'emportait, je n'ai pu l'entendre,
L'air était si doux, si faible et si tendre,
      Parlait-il d'espoir?
Que disait aux cieux ta chanson du soir?

N'as-tu pas senti cet air embrasé?
La nature en fleurs a bien son langage;
Je t'en aurais dit pourtant davantage
      Si j'avais osé!
N'as-tu pas senti cet air embrasé?

Florence, 1864

L'OISEAU BLESSÉ

Un jour en courant qu'as-tu ramassé?
Un oiseau blessé.
Tu l'as sur ton cœur doucement placé
Et puis caressé.
Lui qui frissonnait de froid, d'épouvante,
A présent il chante !
Mais tout doucement,
Pour toi seulement.
Cet oiseau de flamme
Échappe à la main,
Il s'en va demain,
Car Dieu le réclame.
Ami, c'est mon âme !

Florence, 1867.

A PIETRO GABBA, MORT POUR SON PAYS

Il avait dix-huit ans, on devinait son sort
Rien qu'en voyant les traits de son noble visage;
Le bonheur l'appelait, il voulut davantage,
    Et choisit la gloire et la mort.
On lui dit : Rendez-vous, votre vie est sauvée,
Et le jeune héros, sans ralentir son pas,
Répondit fièrement, la tête haut levée :
    Un officier ne se rend pas!
Sachant comme on combat, il savait comme on prie,
Et les siens fièrement peuvent porter son deuil;
Il vénéra son Dieu, sa mère et sa patrie.
Fils, chrétiens et soldats, saluez son cercueil!

A MONSIEUR THÉOPHILE LENATOWISCH

O poëte ! le jour commence !
A la tête d'une œuvre immense
Il plut au ciel de te placer.
Travaille et lutte sans relâche,
Le ciel, qui te fit cette tâche,
Saura bien t'en récompenser.
Ainsi qu'on voit d'un bond rapide
Le plongeur, chercheur intrépide,
Ravir les trésors de nos mers,
Ainsi, dans ton âme froissée,
Plonge et va chercher la pensée
Qui naquit dans tes jours amers.
Montre-nous-la de pleurs mouillee,
Grave et triste, mais non souillée,
Plus haute encor dans ses douleurs.
Car ce que le public réclame,
C'est quelque lambeau de ton âme
Pour une goutte de ses pleurs !

Oui, c'est aux heures d'agonie
Où, dans ta tristesse infinie,
Tu soupires en liberté,
Que tu sais franchir, chose étrange,
Quelque degré de l'homme à l'ange
Sur l'échelle de vérité.

Souffrir est la loi de ce monde.
La terre devient plus féconde
Lorsque son sein est déchiré.
Le sang qui tombe goutte à goutte
De ces taches marque la route
Pour le voyageur égaré.

En toi la Pologne est bénie ;
Tu reçus le don du génie
Pour chanter ses illustres morts.
Ta nation sainte et guerrière
En tes vers revit tout entière
Et se dresse comme un remords !

Elle brisera ses entraves.
Hélas ! quand vous êtes esclaves,
Les généreux sont enchaînés.
Meurtris par les fers qu'on vous forge,
Ils saignent si l'on vous égorge,
O courageux abandonnés !

Florence, 1er décembre 1868.

A Mme LA COMTESSE FLORE GRAZIANI

L'église de Saint-Pierre, à l'imposante enceinte,
De cierges allumés aujourd'hui doit briller.
Nous, dans cette maison, nous fêtons une sainte,
    Mais une sainte du foyer !

Sans macérations, sans jeûne, sans cilice,
Elle sût être heureuse et triste, tour à tour,
Et lorsque le malheur lui porta le calice,
    Elle s'appuya sur l'amour !

L'âge n'a pu flétrir cette chaste tendresse
Qui commence ici-bas et continue au ciel,
Et qui, sachant prêter un charme à la tristesse,
    Convertit l'amertume en miel.

Le bonheur d'un époux, le soin de la famille,
Sont les uniques biens qu'elle a jamais cherchés ;
Elle n'eut pas besoin de verroux ni de grilles
        Pour se conserver sans péchés.

L'église de Saint-Pierre, à l'imposante enceinte,
De cierges allumés aujourd'hui doit briller.
Nous, dans cette maison, nous fêtons une sainte,.
        Mais une sainte du foyer !

Florence, juin 1867.

LES DEUX MASQUES

LES DEUX MASQUES

PERSONNAGES

DANIELO, poëte .... 23 à 30 ans.
CLAUDIA .... 20 ans.

La scène se passe à Florence. — Le théâtre représente l'intérieur d'une loge
d'avant-scène, au théâtre de la Pergo'a, pendant un bal masqué.

SCÈNE PREMIÈRE

DANIELO.

Reposons-nous un peu dans cette loge vide,
Voyons sans être vu, le coup d'œil est splendide ;
Tout Florence finit son carnaval gaîment :
Vienne mon domino, ce bal sera charmant !
Une heure du matin ! Au rendez-vous fidèle,
Depuis minuit sonnant j'attends en vain ma belle.
J'attends ! ni plus ni moins qu'un langoureux berger ;
Par Bacchus ! Danielo, c'est un peu déroger.
Je ne me suis jamais connu l'àme si tendre :
Je fus très-attendu, mais ne sus point attendre.
Je l'apprends aujourd'hui ; mon moment est venu.
De mon cœur Cupidon s'est enfin souvenu,
Et comme à ses leçons je me montrai revêche,
Il a gardé pour moi cette petite flèche.
Un soir de carnaval il me la décocha,
Et sut viser si bien que le trait me toucha.

Le mystere me plaît, on me tourne la tête,
Je deviens amoureux, ce qui veut dire bête ;
Et le public verra dans mon premier écrit
Combien l'amour est peu favorable à l'esprit.
Pour plaire au Dieu cruel, on dit qu'il nous enivre,
Et je l'ai dit moi-même aussi, dans plus d'un livre.
Mais non, il nous hébète, et je crois le prouver
En passant cette nuit tout entière à rêver
A ce beau domino qui, trop digne d'estime,
Depuis un an toujours conserva l'anonyme,
Et coquet, parfumé, plein d'esprit, élégant,
Ne me laisse effleurer que le bout de son gant.
Qui sait si, près d'ici, nonchalamment penchée
Au bras d'un cavalier, notre belle, cachée
Sous un masque bien noir, ne se rit pas de moi !
Aurait-elle bien tort? Non vraiment, sur ma foi.
Ce sont là de ces jeux que le bal autorise,
Et je crains d'avoir fait une lourde sottise
En recherchant l'auteur de tant de billets doux
Qui se terminaient tous par ces mots : M'aimez-vous?
Ils étaient, il est vrai, d'une charmante prose,
D'un papier satiné, parfumé, blanc et rose ;
Peut-être son visage a-t-il d'autres couleurs.
Si j'attendais ici, pour comble de douleurs,
Quelque jaune Vénus, à la beauté fanée,
Qui vingt ans avant moi peut-être serait née,
Quelque jeune laidron, dont le minois manqué
A de bonnes raisons pour demeurer masqué,
Qui, l'esprit aiguisé, tout prêt à la riposte,
Ne peut charmer les cœurs sans l'aide de la poste ;

Et, malgré sa laideur, avide de briller,
Verserait sur mes feux, les flots de l'encrier!...
Quand je songe à cela, je pâlis, je frissonne
Et voudrais pour beaucoup ne rencontrer personne.
La beauté, c'est la fleur dont l'amour est le miel,
Et jamais...

SCÈNE II

DANIELO, CLAUDIA.

CLAUDIA, *en domino. masquée.*
Êtes-vous le poëte Daniel?

DANIELO.

Regardez, et voyez si c'est bien ce visage
Que tous les papetiers ont mis en étalage.

CLAUDIA.

Oui, c'est cela, le front est d'un ambitieux,
Les lèvres d'un sceptique.

DANIELO.

Et de qui sont les yeux?

CLAUDIA.

D'un enfant doux et bon.

DANIELO.

Le portrait est fantasque.
Enfin, à ton avis, que suis-je, mon beau masque?

CLAUDIA.

Peut-être tous les trois, suivant l'heure et le jour,
Et la lune et le vent, et le ciel et l'amour!

DANIELO.

Si tu me veux donner plus que de l'espérance,
Je vais être un enfant par mon obéissance.

Sceptique s'il te plaît, enfin ambitieux
De posséder ton cœur, charmant masque aux grands yeux !
Mais de ce domino quitte le sombre voile,
Et de mon ciel d'amour laisse briller l'étoile ;
Lors tu verras en moi le plus docile amant.

CLAUDIA.

Ne faut-il que cela ? C'est merveilleux vraiment.
Quand l'âme est aussi tendre elle est parfois fragile.

DANIELO.

A toi de la pétrir comme un sculpteur l'argile.

CLAUDIA.

Non certes, s'il m'était donné d'être sculpteur,
Je voudrais à mon œuvre une grande hauteur.
Je ne me servirais d'argile ni de sable,
Et pour laisser au temps une œuvre impérissable
Qui fît parler de moi par delà le tombeau,
Je voudrais de nos monts le marbre le plus beau.
Mon ciseau, sans faiblir, y mettrait son entaille,
Pour atteindre mon but, je hausserais ma taille.
Si j'avais réussi, contente de mon sort,
J'irais me reposer sans regret dans la mort.

DANIELO, à part.

Cette femme a vraiment quelque chose d'étrange.

    (Haut.)

Et que ne le fais-tu, mon jeune Michel-Ange ?

CLAUDIA.

Ce que j'aurais voulu, je ne le trouve pas,
Au lieu du marbre pur, l'argile est sous mes pas.

DANIELO.

Ainsi dans ton esprit l'argile est mon emblème.

CLAUDIA.

Je ne le croyais pas, mais tu l'as dit toi-même.

DANIELO.

Auprès de sa maîtresse, un jour de bal, l'amant
Doit-il, à ton avis, parler sérieusement?

CLAUDIA.

Il importe toujours, je crois, d'être sincère.

DANIELO.

Pour être aimé de toi c'est un point nécessaire?

CLAUDIA.

Oui, certes.

DANIELO.

Si de moi tu veux la vérité,
Enlève de ton front ce masque détesté;
Quitte le domino qui me cache la femme.

CLAUDIA.

Je me démasquerai si tu montres ton âme
Ainsi que mon visage et sans masque imposteur.

DANIELO.

Jeune folle qui parle avec tant de hauteur,
Sais-tu bien qu'en sondant une âme de poëte,
Le vertige peut prendre et vous tourner la tête?

CLAUDIA.

Les songes de la nuit nous montrent au lointain
L'image qui s'enfuit aux lueurs du matin;
Et peut-être verrais-je, à cette clarté blonde,
Que cette âme, Daniel, que je croyais profonde,
Pourrait bien, par malheur, n'être en réalité
Qu'un vaste et beau miroir où tout est reflété.

DANIELO.

Si tu prends pour miroir mon âme de poëte,
Permets donc qu'à jamais ta beauté s'y reflète ;
Peut-être mon talent ne fit que sommeiller,
Et c'est en t'admirant qu'il va se réveiller.

CLAUDIA.

Ainsi c'est donc bien vrai, Daniel, peu vous importe
Que mon âme soit pure, austère, ardente et forte,
Que sans me fatiguer je marche vers le bien,
Il faut que je sois belle, et le reste n'est rien.

DANIELO.

Claudia, pardonnez.

CLAUDIA.

Quoi ! durant cette année
Je n'ai pensé qu'à toi, et toute abandonnée
Aux soins de mon amour, je n'ai pris nul plaisir,
Je n'avais qu'un penser, qu'un souci, qu'un désir,
Être digne de toi, te plaire, te comprendre ;
Je voulais devenir à la fois forte et tendre,
Afin de te charmer et de te consoler,
Je ne me croyais pas digne de te parler.
De loin durant des nuits de douceur infinie,
Mon amour humblement écoutait ton génie.
Ce n'est rien ! Comme on voit l'encens monter au ciel,
Mon âme en te lisant montait vers toi, Daniel ;
Mais avant que la tienne à tant d'amour réponde,
Tu veux savoir d'abord si je suis brune ou blonde.

DANIELO.

Je vais, je le sens bien, vous paraître brutal,
Et bientôt vous devrez briser le piédestal

Où trop complaisamment vous m'avez donné place ;
Mais la beauté m'attire et la laideur me chasse ;
Alors que vous auriez esprit, savoir, raison,
La douceur d'une sainte et l'esprit d'un démon,
Je sens que malgré moi mon pauvre cœur rebelle
Ne peut brûler pour vous que si vous êtes belle.
Pardonnez ; à cela vraiment je ne puis rien,
Je suis homme, poëte, enfin Italien !

CLAUDIA.

Quand de l'homme d'honneur je connaîtrai bien l'âme,
Vous jugerez alors la beauté de la femme.
Voulez-vous consentir à faire le serment
De répondre sur tout sans détour, franchement ?

DANIELO.

Sur tout, mais c'est beaucoup me demander, cher ange,
Et me donnerez-vous votre amour en échange ?
Vous devez bien savoir quelle est votre beauté,
Les miroirs vous ont dit déjà la vérité.

CLAUDIA.

Sur ce point trop souvent notre orgueil nous abuse.

DANIELO, à part.

Allons, elle sera belle, c'est une ruse ;
Elle invente ce jeu pour se faire adorer.

    (Haut.)
Souvent autour de vous on a dû soupirer ?

CLAUDIA.

Il est vrai très-souvent, il faut que j'en convienne.

DANIELO, à part.

Bon ! mais si ce n'était que de l'histoire ancienne ?

4 .

(Haut.)

Depuis longtemps?

CLAUDIA.

Depuis trois ou quatre ans, je crois.

DANIELO.

Je ne me suis donc pas trompé, ta douce voix
Disait que Claudia était jeune et jolie,
Et je veux...

CLAUDIA.

Un instant, arrêtez, je vous prie,
Ma fortune est immense et l'on ne sut jamais
Le compte de mes biens.

DANIELO, *à part.*

Un peu plus je l'aimais!

CLAUDIA.

Mes aieux sont connus, ma famille est ancienne,
Mon oncle est cardinal, je suis patricienne,
Le moyen de savoir jamais la vérité!

DANIELO, *à part.*

Par cet aveu fatal mon cœur est attristé.
Je n'en puis plus douter, ma conquête est affreuse.

CLAUDIA.

Je sais que vous avez l'âme trop généreuse
Pour me flatter aussi.

DANIELO.

Ma franchise me nuit,
On me l'a dit souvent, peut-être cette nuit,
Lorsque j'aurai parlé, vous le direz vous-même.

CLAUDIA.

Non vraiment, c'est pour moi la qualité suprême;

Il faut que votre esprit ici se montre à nu,
En vous j'aime l'auteur, l'idéal, l'inconnu,
Et c'est votre talent qui m'exalte et m'enivre ;
Mais peut-être êtes vous tout entier dans un livre,
Si bien qu'en votre cœur il ne reste plus rien.

DANIELO, *à part.*

Hélas ! pour le moment elle devine bien.
En vain en sa faveur son esprit intercède,
Un froid mortel me prend en songeant qu'elle est laide.

CLAUDIA.

Ainsi vous me jurez de me répondre net ?

DANIELO.

Je vous l'ai déjà dit, la franchise est mon fait.

CLAUDIA.

Soit ! croyez-vous au ciel, dont en termes sublimes
Vous parlez si souvent dans vos écrits ?

DANIELO.

                      Les rimes
Nous entraînent parfois au delà du réel ;
Il sied bien de parler à ses lecteurs du ciel,
Et sur un tel sujet, qui lui permet le vague,
Aisément quand il peut, un auteur extravague.

CLAUDIA.

L'amour, qu'en pensez-vous ?

DANIELO.

                  Que le mot sonne bien,
Et puis après cela je n'en pense plus rien.

CLAUDIA, *à part.*

Je le vois, je l'entends, et n'y puis croire encore.
La femme...

DANIELO.

C'est un mot aussi, doux et sonore ;
La louer, la défendre est un rôle divin,
Et puis c'est moins usé que de chanter le vin ;
Il fallait bien trouver quelque jeune méthode,
Les airs byroniens étaient passés de mode.

CLAUDIA.

Ainsi vous l'avouez, votre plume a menti ?

DANIELO.

Après tout, il faut bien en prendre son parti.
Je me confesserai dans mon œuvre posthume,
Et mettrai cet aveu : je ne fus qu'une plume.
Quand ta naïveté jadis me prit au mot,
Naïf et cher public, toi, tu n'étais qu'un sot !

CLAUDIA.

Mon Dieu !

DANIELO.

Qu'avez-vous donc? Vous boudez, tête folle.

CLAUDIA.

C'est assez, maintenant, je tiendrai ma parole.

Elle ôte son domino et son masque, et se montre entièrement vêtue
de blanc (costume antique), les cheveux presque dénoués flottant
en boucles sur les épaules.

Dites-moi, suis-je laide ou belle, et m'aimez-vous ?

DANIELO.

Oh ! pour mieux t'adorer je tombe à tes genoux.
Qui répandit ainsi sur toi la grâce attique?
On dirait, à te voir, notre Diane antique.
J'en suis sûr à présent, oui, tu descends des cieux,
La pudeur et l'amour brillent dans tes beaux yeux.

Apelle te cherchait, Phidias t'a rêvée ;
Moi, vulgaire mortel, ici je t'ai trouvée.
Oh ! laisse-moi baiser la trace de tes pas,
Malheureux que j'étais, je ne te voyais pas ;
J'ai pu sans t'admirer passer ma vie entière ;
Mais à quoi donc, dis-moi, me servait la lumière ?
Claudia m'aimeras-tu ?

CLAUDIA.

L'amour n'est rien pour toi.
Tu l'as dit, Danielo...

DANIELO.

Je ne savais pas, moi.
Je ne t'avais pas vu, ma jeune beauté blonde ;
Est-ce que je savais quelque chose en ce monde ?
Est-ce que je vivais avant que de te voir ?
Laisse-moi maintenant tout près de toi m'asseoir,
Te regarder, t'aimer, ô cher ange rebelle !
Tu m'oses demander si je te trouve belle ;
Mais pourquoi si longtemps me tourmenter ainsi,
Et que n'as-tu quitté cet affreux masque ici,
Alors que je te vis dans la première fête ?
Quel plaisir avez-vous à nous tourner la tête,
Femmes, charmants démons ? nous pouvions être heureux,
Il suffit de te voir pour qu'on soit amoureux.
Oh ! que de jours brûlants, que de fraîches soirées
Où nos âmes d'amour se fussent enivrées !
Ton cœur m'appartenait, le bonheur m'était dû,
Rends-moi, rends-moi ce temps que nous avons perdu.
Pourquoi m'écrivais-tu, chère et charmante femme ?
Peut-on sur un papier faire tenir une âme ?

De tels efforts, vois-tu, sont toujours superflus.
Ma Claudia.

CLAUDIA.

Sais-tu que je ne t'aime plus?

DANIELO.

Qui, toi, ne plus m'aimer; toi, rester insensible
A tant d'amour, oh! non vraiment, c'est impossible.

CLAUDIA.

Pourquoi, depuis un an, ne m'as-tu pas aimé?

DANIELO.

Il me fallait te voir pour être transformé.
Tu détournes les yeux : oh! crois-moi, je t'en prie,
Dis, que pouvait me faire à moi ta théorie
Sur l'amour, l'espérance, et sur l'adversité?
Sur l'esprit, la vertu; l'air était bien chanté
Par ta charmante voix, mais j'en savais le thème,
Et depuis bien longtemps je le chantais moi-même.
Pauvre enfant! tu faisais cela pour me charmer,
Tandis qu'il suffisait d'être belle et d'aimer
Pour me voir t'obéir comme l'esclave au maître.

CLAUDIA.

Je ne veux point d'esclave et je ne veux pas l'être.
Ce que je sais de toi vient de changer mon sort;
Le jour où ton amour est né, le mien est mort,
En recevant de toi ce baptême de glace.
Adieu, tout est fini.

DANIELO.

Non, Claudia, de grâce,
Par pitié, ma beauté, mon ange, mon trésor,
Toi qui m'aimas un an, tu dois m'aimer encor.

Pitié ! sous tes arrêts je courberai ma tête,
Mais reconnais en moi ton Daniel, ton poëte,
Dont tu disais les vers, dont tu suivais les pas.

CLAUDIA.

Daniel chantait Dieu, et vous n'y croyez pas,
Et quand il célébrait et l'amour et la femme,
Vous les méprisiez tous deux au fond de l'âme.

DANIELO.

Non, non, ma Claudia, tu ne peux pas ici
Me donner ton amour et le reprendre ainsi.
Ne me repousse pas ! Sais-tu quel dur cilice
Impose la pensée à l'auteur, quel supplice ?
Comme le Juif errant, jamais ne reposer ;
Sans cesse, malgré soi, toujours analyser ;
A l'âge radieux où d'amour on s'enivre
Oublier d'être heureux pour se regarder vivre ;
Fouler sans les cueillir les roses du chemin ;
Marcher, marcher toujours le scalpel à la main ;
Que le plaisir vous cherche, ou la douleur vous navre,
Fouiller et disséquer son cœur comme un cadavre
Arraché pour l'étude à la paix des tombeaux,
Le regarder saigner, en compter les lambeaux,
Et sans se détourner, d'une main sûre et ferme,
Face à face sonder le néant qu'il renferme.
Pourquoi ? Pour recueillir quelque éloge banal,
Pour se voir insulté dans un petit journal,
Pour qu'un épais bourgeois, dans son dédain suprême,
Quand il a bien dîné vous traite de bohème ;
Pour être l'invité de quelque grand palais
Sans avoir assez d'or pour jeter aux valets ;

Et pour que l'editeur qui marchande vos pages,
Grâce à votre talent change ses équipages.
Triste vocation, dur et cruel métier,
Qui, sans lui rendre rien, prend l'homme tout entier.
Pourquoi donc, pauvre fou, t'ai-je donné ma vie?
Pourquoi m'as-tu ravi les seuls biens que j'envie?
Et que ne puis-je ici, tout à coup transformé,
Redevenir obscur, et me sentir aimé!

CLAUDIA.

Oui, ce serait touchant, si je pouvais vous croire,
Mais en vous rien n'est vrai, si j'ai bonne mémoire,
C'est vous qui l'avez dit.

DANIELO.

Je te jure sur Dieu!

CLAUDIA.

Dieu! vous n'y croyez pas.

DANIELO.

C'est bien, madame, adieu!
Vos pieds se souilleraient marchant dans cette fange,
Je ne suis qu'un maudit et vous êtes un ange;
Mais un ange cruel; en vain j'ai combattu,
Vous me tuez afin que j'aime la vertu.
Oui, tu venais ici de ta beauté parée,
Pour jouir du plaisir de te voir adorée;
Puis avec un regard insultant et moqueur,
Après l'avoir rempli, tu déchires mon cœur.
La reine Cléopâtre un jour dans une fête,
Fit dissoudre une perle, à tous les yeux parfaite,
Puis, pour l'anéantir, elle but ce trésor;
Mais toi dans cette nuit tu feras mieux encor :

Mon talent te plaisait, tu voulus le dissoudre,
Dans un dernier regard absorbes-en la poudre.
Ah! conserve-les bien ces écrits que tu lus,
Mon œuvre est achevée et je n'écrirai plus!

CLAUDIA.

Ton œuvre est achevée, as-tu dit, ô démence!
D'aujourd'hui seulement peut-être elle commence.
Va, je remercîrai le ciel de ma beauté,
Si j'ai fait de ton sein jaillir la vérité.
Si du vrai, si du bien, tu recherches la route,
La vertu, sois-en sûr, t'affranchira du doute.
Tu sauras mettre alors à la même hauteur
L'existence de l'homme et celle de l'auteur.
Il faut qu'en te lisant toute âme s'agrandisse,
De toute lâcheté fais sévère justice;
Méprise le succès que l'on trouve en raillant,
Pour défendre le bien sois un soldat vaillant!
Ta plume désormais doit, hardiment trempée,
Combattre les abus, ainsi que ton épée;
Donne un homme de plus au sacré bataillon
Qui trace à l'avenir son lumineux sillon.
Au milieu des blessés marche sans épouvante,
Moi je serai, Daniel, ta femme et ta servante;
Pour te donner la main, alors je reviendrai.
Ami, que feras-tu, dis-moi?

DANIELO.

J'obéirai!

Florence, 1867.

TABLE

3114. Paris — Typographie Morris et Comp., rue Amelot, 64.

DU MÊME AUTEUR

OUVRAGES PUBLIÉS

LE BONHEUR IMPOSSIBLE, roman, 1 volume.
ROSETTE, roman, 1 volume.
LA DIPLOMATIE DU MÉNAGE, proverbe, 1 acte.
LES PHILOSOPHES DE VINGT ANS, proverbe, 1 acte.

SOUS PRESSE

LES LUTTES DE CLAUDE, roman, 1 volume.
DON POUR DON, 1 volume.
THÉATRE DE SALON, 1 volume.
LETTRES D'UN EXILÉ, 1 volume.
MÉMOIRES D'UN CHANTEUR, 2 volumes.

Paris — Typographie Morris et Comp., rue Amelot, 64.